THE VANISHING POEMS

Poetry 2
Keiji Matsumoto
Selection
2 / 9

Koshisha

詩集工都

1

ライラック号で来る

虚言使いの夏あり

室内からの廃風につつまれて
夏がうだる
羽虫たちはハイウェイの上空に集まり
死んだ

プラント
防波堤に沿い
巨人たちが倒立する
死んだ風を呼び
もう一度殺す

イノセンス
工都の闇に護られ
〝私の家族は
鉄を食べていた〟

手首に夏が巻きつけてある

時の水準
隔たり
訪れ

火のように

『半魚』

右側から死ぬ
防波堤の上で眠る
フナムシにさらわれるまで

上空下
スナメリの回転
黒い波の言い伝えを黒い波に伝える回転

地球はまだ首をかしげている
世界がなりかける
真珠王のいる
海女のいる
暖の火
その橙

〝私は半魚だ〟

思わない
すぐにやめてやる

笑いながら
切り裂く
壊れていて住めない
なつかしくもあるが〝それは
《家》だ〟
おまえは蝸牛を指さし
これは家だろうかと
通行人に問う
通りながら切り裂く
いや〝それは
《空》だ〟
おまえは切り裂かれ
これは空だろうかと
街全体に問う

壊れていて住めない
〝壊れていて
　もう二度と住むことができない〟
蝸牛だろうか
これは
〝《街全体》が切り裂かれ〟
おまえの指が笑いながら露出している
それは《おまえの指》だ
〝私は大きなリールのついた録音機に向かい〟
これから何かを言う
これから
何かを
言う
それは《私が言う》

《この果てしない春分点では夜は昼のように長い》
《夜が降りても私は生き続ける》

『半魚』

果物（なりもの）ぽつぽつなっていると思うと
新しくならない
何が
世界がそこからも発祥していて半島のくびれに
艀（はしけ）という
葉書一枚ほどの空地があれば銀座とかプラハが
百年ぐらい
もつ
それは新しくならない
のように
これは
防波堤の上で眠っているあいだにめざめていて

何が
よくわからない
めざめていて起きるのがおっくうになり眠ると
防波堤の上で
そうして少しずつフナムシにさらわれていった
陸はすごく太り
歩くと
損をする
そのように（のように）人間はフナムシを知り
世界はすぐにやめて
果物のように落ちていると世界になっていると
思わない
何が

そして
座り込むと
今までが落ち
肺のなかに狭い等高線がどんどん書き足されて
それは夢や思い出や顔になるのでこれは坂道が
そして座り込むとこれは急な坂道がもっと急に
この坂道がもっと急になってもこれはいつでも
それは人間は自動車に乗っていると思うことが
自動車に乗ればいつでも時間がとりかえせると

思うことが人間は坂道や時間にかわってしまい
坂道や時間が思う
世界がなって
なっていないと百年も昔にこれはもう考えない
海女さんの暖（だん）の火を美しい最初のもの
美しい最初のもののように（のように）何にも
これはもう何が（のように）死ぬ真珠のように
考えない
投げる

私は半魚だ

その日
その瞬間

葡萄をひらく
唇の悦びが
さようならをし

黄色い果肉をした西瓜と出会う
分断された半球の
光を得たと思う

眼の悦びが
さようならをし

もう帰らぬことを知らせるために
まぼろしになってゆっくりと降ってくるので
ここは
水の表についた黴のようだ

夏はどうでもいい

2

小さな光たちに
私の家を教えよう
なつかしい通りを曲がって

新しい家族のために
なけなしの風景を貸し与えよう

なつかしい
夜のおまえにも似ている
なんという遜色に満ちた朝
空のベランダで
犬は吠える
眠り続けてはならない
〝兄の庭を
孤独なジャッカルが横切る〟
私の目には

折れ曲がった橋
なつかしい
ひたすらなつかしい
《水に絶対》
《物質の夜に絶対》
私は愛すべき橋に退屈する
大きな光に足首を刺されて
見つめれば
総べてを失える

失える
もう二度と

その日
その瞬間

美しい人を知り
サバンナを一人で横切って行く
ジャッカルは
月の方へ歩いて
美しい人に会うだろう
うしろからそっと
壊しながら伝えていると
その人はとても小さくなって
目を閉じたまま止まった

ジャッカルはもう言葉を発しないので
悲しむことが
よくわかる
これも
食べなければならぬと思い
怯えながら
小さくなっていった
ジャッカルと美しい人は
騙されたのだ

《途方も無く壮大な失敗へと至る自然がある》
《今日、生死を決めよう》

『異邦』

キングスネイクが背中を這う
砂漠になるまえに踏まれた砂がある
アリゾナから何処何処へという旅
死んだ人の写真を焼き捨てる
環状の

白

室内からの廃風につつまれて
夏がうだる
羽虫たちはハイウェイの上空に集まり
死んだ

恥辱
アポロ計画の如き
背信
〃接吻と口実〃
あの身振り
行い
〃旧大陸を発見した〃
苦悩
愚かな
雄弁な
柩
月ロケット
不幸

愛のように
両極を持つ
火のように

線
線ではなく
溝
溝ではなく
皺
皺ではなく
顔
おまえの顔

弓型の
眉を描いた
不治のオリエント
黄色い粉末のジュース
空の塵芥
無人の路上に確かめるのは
欠落ではなく
砂と砂
時の何か

ヘリコプターで来る
羽虫の現在がおまえを拾いに来る

夏を外す
こと、こと、こと、これは水の音
プトレマイオス、プトレメ、トレミ、これは水の音

（私は記され
主（あるじ）を失う）

『雨の翼、
ゆっくりと降りて来る』

天には灰色の翼があり
地には翼を休める稜線がある

風が吹けばそれは
低地への贈り物なのだ

物たちは発光する
みずから光る光を

雨の翼が
色彩に恋をしはじめるとき

〝トゥ〟
〝トゥレイル〟
〝トゥ〟

栞のなかで
文鳥が苦しんでいる
嘘のように苦しみは聞こえるが

つまらない

新しい雨よ
おまえが触れるものは総べて
死にゆくものだ
おまえは一滴の記憶も持たず
この地に染み入ればいい
時という物語はここに果て
私に与えられた風
などというものは無い

トゥ
トゥレイル
トゥ

これがおまえの顔だ

3

時の冠水に
音の遅れに
火の復権に

『ワイルド・ハニー』

恵まれのあかしに羽を与えよう

高所からの復讐だ

飛ぶものたち

溝から溝へ

「何もかもが人間的な亀裂に似ている」

羽虫の現在に乗って

二つの距離を測るときに

濃密に滴る
頭脳とは水飴で良い
私は考える故に
どこからも真に隔たることはできぬ
これも黄色、あれも黄色
おまえらを恵む
私は考えるが
栄養とは余分に奪い去るものだ

最終形

連続

壁の如き年譜

火の物理

骨抜き

（南する…

膜と膜を結ぶ
鉄管
その延長線
橋のような構造物の連鎖があり
深い眠りを揺さぶり
散文的に包む
たとえば
湾岸倉庫の屋上から第三コンビナートを眺望する

鳥の内面は
左右から徐々に狭まり
彼自身の濡れた膜を緑で埋めた
これが
最小の単位である
海は着想の悉くを笑い
半球の片方を
夢に持った

最終形
連続

緑色の
蛇の視線
古い記憶だ
海から上がるときに
壊れた

南する
緑の方へ

(蛇行する流れがゆっくりと森を引き裂いてゆく

濃密な空間である
闇の広がりは
力だ

葉の重なりに
線でできた身体は
殺される

古い古い記憶だ
海から上がるときに
壊れた

水の表
低い空が翼を

（おまえは壊れることができない

羽ばたかない
ゆっくりと萎れる
灰色の翼を落とした

老いた犬がそれを拾った
道をわたるとき

（空の腕が露出した

空の腕
その左右が
彼方の地に触れたのだろう
水の裏で
人と似た木が蘇っている
緑と骨
濡れて
出られないのだが

『ナゼル』

羽を拾い
飛ぶ犬

夏のうだりに
消耗した森の木が
海辺の煙突に壊れる

危険な場所で
羽を拾い
飛ぶ犬

夏の天狗よ
おまえをナゼルと名付けよう
（ぼくの犬だ
なりゆきで
（果実はみんな電球になってしまえ
とりあえずだ
この笑いを喰い散らかしに来い

ナゼル
考えるな
おまえには関係がない

工都
古い森
「これがあの物語なのか」
いや〝これは
《時の何か》だ〟
誰も眠ってはならない
火と
灰の
「悲しい眠りか」
ぶざまだ
《時の何か》が
〝これを可能にした〟
ぶざまだ

鉄の草木が枯れる
天国という響きのする地下の駅から
おまえは地上へ出ることができない
箱のなかの闇を運ぶ
おまえは
孤独な溝の
重なりなのだ

ナゼル
考えるな
おまえは森の名前だ

百年の流刑
（わたくしどもは…
与えられない記憶に温もりが走る
愚者
環境
目を閉じると死ぬ
（おかげさまで…
盲目の魚へと廃置される

その日
その瞬間

古い詩集のなかで
見知らぬ誤謬が生まれる

4

黒い波が石を削る
珊瑚が木々へと歩むように
それはまだ自然ではないと自然が言う
木が老いる
木はそれを疑う

『拾遺』

まだ夏至の太陽も薄く残っているから
少し青みがかり
水色に滲みだす部屋で
表われてしまう
裸子のもの

白の夢
嘆かわしい

閃き
半紙の重なり
〃この生涯〃
中庭の梢を眺める

薊の夢
兄の思い出

楓
南海の
緑の帽子
佇む
柊
鉛筆
楕円針
もう少し
折れる
啞
夕立
立ち去る

糸の夢
嘆かわしい

雨後の水たまりに太陽が降る
油膜が虹をつくる
顔の上に
工場が

私たちはそれをここに運んだ
私たちは美しかった

平行に滑る
針箱の明るみに
生菓子のようなぬめりがあり
鈴も鳴り
外国語が聞こえる

ラジオには車輪があり
それで今夜
遠くに刺さる
望まれて
私には海がある

私がセンターラインを思い出す時
その道は垂直にせり上がって行く

〝捲られる家族アルバムのなかは広告塔の写真ばかりだ〟

『新しい家族』

母は石垣の隙間に隠れて蛇を食べている
緑を縫う静かな流れに乗って
主人のいないカヌーが
一人を浚いに来る

「お化けが来るんで入ってるんで
心配しないであっちいってもらえたい」
「それはツチノコの言葉でないか
おまえは何年前の人か教えてもらえたい」
「ファントムが来たよ
バスの窓から円盤投げてやった」

なつかしい
ひたすらなつかしい

やわらかい橋わたる橋

「緑色の四角い
把手がついててワッペンだらけの
へんな鞄もってバス待ってたでしょ
髪の毛でたらめにしてさ
みんな指さして笑ってたよ」

へんな鞄みどりの鞄

「空っぽのバスに乗って
叱られに行くみたいに怖い顔して
煙突数えてたでしょ
銀紙噛んだみたいな顔してさ
みんな見てたんだから
みんな指さして腹かかえて笑ってたよ」

「雪道を空っぽのバスに乗って
　コンビナートで降りて
　誰と会ったの?」

半魚と

「またどうせ狐憑きみたいな友達なんでしょ」

半魚（はんぎょ）さん
飛ぶ
飛ぶもの空舞う火の粉
海女さんの暖の火
死ぬ真珠
飛ぶもの
飛ぶまでじっとしてる

くだらない
やめた

もう帰る

「誰かさんがトンタ屋根だなんて言い間違えるから
ほらトンタトンタ雨が降って来たよ」

もう帰る

5

軽蔑しに来る
背中から知られる
庭を取られる

『葉』

葉が言う
「私が記憶であるならば」
葉が言うと《太平洋》が出る
ただそれは盥（たらい）の太平洋のこと
異邦人の悲劇あり
飛びこえる
トタン屋根をかすめて
葉が言う
「泥棒カササギ一羽」
激痛になる

悲劇無し

生者が垂らす水
羽衣濡らす匂いが取れない
嗅いでいる
おまえはとぐろを巻いて
匂い
会いたい顔になり死後に会いに来る
毒魚（ぼら）の腹
腹のヘドロ

「おまえは投網のようだ」

橋上から投げられる
白く泡立ちながら堕ちてゆく
迂闊だった
唾のように
〝ああ騙された騙された〟
もう想像しない
時間が無い
虚言使いの冬思い
思い涼しげにさよならすると
干涸びている

「おまえは放置の鯊にすぎない」

すいません
嘘ついてました

「淋しい
　はやく山に帰してください」
「そしてピーター・ラビットに会いに行くでしょう
　でも恋人に会わせてくれるなら
　どうなってもいい」
「恋人さん
　どうかもう一度だけ
　あの世界のことをみんなに話してやってください」

こと、
こと、
こと、
これは水の音

『葉』

テトラポットの隙間に
鰭（ひれ）を持った人が眠らずに来ている
また魚（うお）のふりをして
一人を懐かしむと
『葉』という一冊が
〝私が記憶であるのならば〟
ふたたびは生きたくないと言う
そうではないので
〝おまえは見つかるまでそこにいなければなりません〟

これは遊びに似て来る
『葉』が
螺旋階段を降りるように
この時間は
悲惨な、と形容して
円環している

一日ならば
老松橋
という橋もあっただろう

すいません
嘘ついてました

『葉』

マシュマロ雲（ぐも）わたり
沢つたう
どろろ

葉はポケットカメラのなか水牛（ごんた）に乗ってやって来る

「靴（つっかけ）脱いで
僕の匂いがする布団に入って

群青の細長い舌先でざらざら僕の前歯の裏側を舐めて行った」

おろち恋しくなる

「二つの七夕の夜
小さな身体の孔という孔から血が噴き出して来て
葉（ぼく）は笑うように
死んでしまった」

葉と翡翠（かわせみ）

「くねら君ぼくといっしょにどっか行こう」
「ケケラ」

光（みつ）降って
葉脱いで
「僕がハミ（母は蝮のことをこう呼んだ）になる」
くねら君喰った

夏日（なつび）なら道わたれない
もう帰る
ゴンタこっち来（こ）

『葉』

プラタナス
おまえに
葉（パトラ）の一葉
グラジオラス
伝えがあろうとも
私（秋）に
パトラ、パトラ
ひらひらする

ブラジル丸
南半球
誰も
ヨーソロ、ヨーソロ
火のような火
ライラック
裏返す
食器として

6

『工都』

塔状都市の五月雨
静かな部屋を求めて力が垂直に上昇するとき
零れ落ちてくる装飾品の数々を集め
重力を賛美しなさい

「コンビナートに引き込まれた鉄道を
小野田セメントの貨物列車がゆっくりと行く
夜の踏切りの
オレンジ色の警告灯が点滅しているが
それは無言の警告であり
車両の軋む音以外
私には何も聞こえない

非常にゆっくりと私の前を横切って行くので
長い時間
この静けさは続く
放置によって失われた総べてが私を恵み
放置を耐えた総べてが私を壊すだろう
待機の不安をこえて
夜は始まったのだ」

零メートル
非常線
鋲のある平面

（肺が爆発しそうだ

被災地
美しい

市内循環のバスに乗る
溶けて道は
おのずと下方への勾配を思い
なだらかに往時へ
乗り合わせた家族は
前進する
折れた橋を渡ると
激しく咳き込む全員
蟬の死骸が飛ぶころはもう
子供会の一行のようだ

それでは
鳥羽イルカ島までおねがいします

《スナメリの回転》

非魚の

翻り

柔らかく濡れた
バスに乗って海は来てくれるから
なつかしいなつかしいと呟きながら
待っているだけで
陸は終わる
空の袋が煙を飲んでいるあたり
あそこで
海が終わる

この空白は工場である
美しいのは
フナムシで
きれいに食べてくれるから
ここでは
喜劇にしかならぬことを知らされる
雨ふらしによって
薄らげても
おまえは放置の鯊にすぎない

失える
もう二度と

『数字のある自画像』

9
蛇が食べる
卵と蛇

9
蜘蛛の腹から蜘蛛
散らばれる

9
食べる
ボラの腹
腹のヘドロ

9
思うのだ
三角の尖り
点を跳ぶように

9
二人目は前方から来る

9
おまえは幸いである

9

おまえは単純に死ぬ

9

おまえ以外の総べてが死ぬ

9

おまえは単純に生きられるのだ

9

非魚

こもごも

半島の裾をかすめていった日

9

（わたくしは自然だ

9

わたくしは自然だと言って爆発した陽光

6 7 8

5

4

3

海の青を見に行け
青を獲って来い
この部屋に

2

おまえが余分だ
ここにハサミを入れろ

1

（蘇れ

7

古い詩に
『上海』というのがある
私はもう思い出せないのだが
それをブラジル丸で書いた
詩を書いたのは
それが最後だ

上海とは
舟の旅だった
（私はいつか小説を書くだろうと思っていた
葉という名の
年上の友人によって
旅の言葉は
早春の上海に運ばれて行った
彼は上海から来て
上海に帰って行ったのだ

私の腕時計が
葉氏の手首に巻きつけてあった

「海の遠近法なら
僕が一番よく知っています」

虹よ、虹よ
葉氏の虚言を悲しみ
私は夜のドライブに出かけよう
ポケット・カメラに海の夜をおさめよう
私の詩はそこで終わり
海を渡る

「僕の弟が
『エデンの東』に出ていました」

悲しみが
土にひれ伏す
風の吹きはじまりに
知らず知らず
顔が向く
「こちらは春らしくなって来ました」

おまえの春だ
私は
知らない
上海、上海
私はもう思い出せないのだが
最後の詩を書いた

「ひもるかとの日々はうつつ
　太陽とにるにらすものの
　　そのうしろでに湿るひとふさ
　　　わたくしにしめしろすゆかり」

春よ春よ
鰐になって駆けていったよ

《言語は不幸だ》

『上海』

真珠王はシルフを呼び
フラヴィウスの遊びをスクリューに巻き込ませるようにして
これから何かを
言う
シェイクするように
これが司令塔の流儀なのだ
蠢くものたちに〝うごめけ〟と言う
その想像上の言い方が
彼らに肯定の響きを与えるように
言う

「フラヴィウスの語源は海の二分割にある。
彼女は星には精通していたが、ついに虹を識ることはなかった。
これは考古学上の罪だ。
彼女は夜にしか生きようとはしなかった。
一つしかない、と思う古い精神とはいかに美しいものであったか。
虹とは空を分かつもの、
しかしながらフラヴィウスにこそこの色彩の奇跡を見せたかったと、
私は悔やまずにはいられないのだ。
不幸というものが、虹の発見に始まるものであったならば、
月の支配も単に航法上の不自由にすぎなかったであろうと思う。
だから虹よ、
これを記しておけ」

「私は《世界》とほぼ同じ大きさのうずまきに捕らえられたこともある。
一つを知らぬばかりにだ」

「蟹の這う音が聞こえるだろうか？
蜂のぶんぶんは？
間接的な歩行が無花果を踏み潰すようだ。
黒まろの丘に聖杯のフラッグが垂れるならば、
汚れた足首を見つめる誰かとは、裏切り者に他ならぬ。
それは無限操行を怖れたわれわれの幻影なのだ。
フラヴィウス、海の駱駝よ、
古い柩に棲むおまえに〝静か〟を捧げよう
静かに、静かに、静かに！
それにはまず心臓を無視することだ！」

『沈没』

過去は音楽を終えた
ゴムホースの音楽が始まる
まだ何も終わってはいない
たとえばシンクレア・ルイスという一語には
少なくとも三代の音楽が読めるが
それは一人にすぎず
しかも生きている
過去と音楽は風景を終えた
ウォストーク号の風景が始まる
まだ何も考えてはいない

郵便はがき

切手を
お貼り
下さい

301－0043

龍ケ崎市松葉6－14－7

株式会社 **航思社** 行

ご購入ありがとうございました。ご記入いただいたご意見は、今後の出版企画の資料とさ
ていただきます。また、お客様の住所やメールアドレスなど個人情報につきましては、小
の出版物に関する情報の案内にのみ利用し、それ以外の目的で使用することはございません。

フリガナ お名前	性別	年齢 歳
ご住所 〒		
tel.	fax.	
E-mail		
お勤め先（ご職業）		

株式会社 航思社 tel. 0297-63-2592 fax. 0297-63-2593
◎ URL http://www.koshisha.co.jp ◎お問い合わせ info@koshisha.co.jp

愛読者カード

本書のタイトル

本書を何でお知りになりましたか

1．新聞・雑誌の広告を見て（紙誌名　　　　　　　　　　　　　　　　　　）
2．新聞・雑誌の紹介・批評を見て（紙誌名　　　　　　　　　　　　　　　）
3．書店の店頭で　4．人にすすめられて　5．案内チラシなど
6．インターネットで　7．その他（　　　　　　　　　　　　　　　　　　　）

本書の内容について

1．満足　2．普通　3．不満　4．その他（　　　　　　　　　　　　　　　）

デザイン・装丁について

1．良い　2．普通　3．悪い　4．その他（　　　　　　　　　　　　　　　）

値段について

1．安い　2．普通　3．高い　4．その他（　　　　　　　　　　　　　　　）

本書をお買い上げになった書店

書店名　　　　　　　　　　　　　　　所在地

ご購読の新聞

1．朝日　2．読売　3．毎日　4．日経　5．その他（　　　　　　　　　　）

ご購読の雑誌・週刊誌など

本書に対するご意見・ご感想、今後の出版物についてご希望等をお聞かせください。

どうだっていいんだこんなもん

移民船ブラジル丸
そのスクリュー
その回転
その時
逃げ去れる
隔たれる
沈没だおまえら
悲しい
主題の時代が
おまえらを小説にするだろう
そんな残酷を
思い出すように

『上海』

風が渦潮の中心から生まれる瞬間を
今、私は見たばかりだ
どうして時間が必要だろう

風が渦潮の中心から生まれる瞬間を
今、私は見たばかりだ
こうした小賢しさの一切をおまえにこそ捧げよう

私は家族を失う者として言うのだが
事後の数秒とは決して単純なものでは無い

風が渦潮の中心から生まれる瞬間を
今、私は見たばかりだ
忘却だけがおまえの精神的な放置に耐えるだろう

ああ、太陽が眼を通る
潮風が私の裂傷を恵む
何を嘆くことがあろうか
この絶え間無き平面の揺れ
静かに横たわるものたちを今は哀れむばかりだ！

8

「タランチュラに言われて来ました
入れてください」

「手と葉が似ているように
私もそうでありたい」

松本圭二セレクション 2

栞
二〇一七年十月
航思社

「詩」を映写すること——佐々木敦

　松本圭二とは一度だけ話したことがあったはずだ。かつて彼が働いていた御茶ノ水のアテネ・フランセ文化センターだったか、どこか別の場所だったか、何の機会で、どういう状況だったのかも、今となってはまるで思い出せないのだが、確かに一度、私は彼と短く会話したことを覚えている。

　短く、というのは本当にそうで、たぶん挨拶に毛が生えた程度の、ほんの一言二言三言くらいのもので、何を話したのかも忘れてしまった。もちろん「詩」の話をしたわけはないだろう。何か多少とも内容のある話をしたのだとしたら、それは間違いなく「映画」のことだったと思う。そもそも言葉を交わした場も映画絡みだったはずだ。しかし

もちろん、何の、誰の映画だったのかは最早全然わからない。もしかしたら松本さんの方はもう少し覚えているかもしれないが、私と会ったことさえ記憶にない可能性の方が高いような気もする。

　そんな薄い繋がりしかない間柄だが、考えてみると松本さんと私は奇妙な類似点が幾つかある。私は一九六四年七月八日生まれ。松本圭二は一九六五年七月九日生まれ。一年違いの一日違い。私は愛知県名古屋市出身。松本圭二は三重県四日市市出身。隣同士の県の最大人口都市。同じ大学の、私は除籍、彼は中退。大学を辞めてから私はシネヴィヴァン六本木（現在の六本木ヒルズの端にあった西武＝セゾン系列のミニシアター）でアルバイト→契約社員、松本

さんはアテネ・フランセで映写技師として働いた。そして何よりも、われわれは同時期に、アテネの、フィルムセンターの、文芸座の、日仏会館の、他のさまざまな映画館／上映場所の、あの長々と続くシネフィルたちの列の中にいたはずだ。まったくあの頃は要するにヒマだった。映画を見るための時間はもちろん、見るために待つ時間があれほどあったなんて今では信じられない。私は二十代を通して、年間六〇〇本の映画をスクリーンで見ていた。つまり映画を見ない日はほぼ一日たりともなかったのだ。あの頃、私と松本圭二は互いに知らぬまま、どれだけ何度となく会っていたことだろう！

　だが、もちろん、それはそれだけのことだ。今こうしてどういうわけか彼について書くことになり、思い出すままに、思い出せないままに、話の枕として、馴れ初めならぬ微かな因縁（?）を記してみたまでのことである。しかし誕生日には一寸驚く。

　「詩」と「映画」は日本の文化環境において一種独特な関係を切り結んできた。もちろん「日本の」という限定をつけなくてもそれはそうなのだが、日本における両者の関係性の糸、それもここ数十年の時間、すなわち私や松本圭二が足繁く種々の上映に通い出してからの、おおよそ八〇年代以降、現在までに至る短くはない時間のなかで「詩」と「映画」が交差してきた糸は、むしろそれ以前よりもその縒り合わせは緩くなってしまったとも言えるだろうが、それはそれなりに語られるべき何ごとかを有しているわけで、それはたとえば、稲川方人という固有名、あるいは松浦寿輝という固有名、そして他ならぬ松本圭二という固有名によって、縒り糸の結び目を赤裸々に示してきたのだと言える。しかしながら、映画狂であるということと、詩人であるということが、彼らの内部において、いったいどのように共立し得ているのか、などと問うことは、そうそう簡単な話ではない。

　稲川方人であれば、現代詩＝史のマトリックスを、孤独な場所で、淡々と、だが時として凶暴な仕草で支えつつ、それと完全に並行した、編集者としての、現在も継続する映画批評／ジャーナリズムへの辛抱強いコミットメント（私が二十年以上前に出した『ゴダール・レッスン──あるいは最後から2番目の映画』という論集は稲川の編集だった）があり、また松浦寿輝ならば、二種の同人誌「麒麟」と「シネマグラ」が彼の文筆家としての出発と共にあったこと、あるいは同じ年に出現した『冬の本』と『映画 n-1』という二冊の書物のことを思い出してもいいだろう。しかし幾ら伝記的な事実を積み上げてみたとしても、そこには同じひとりの人間が、たまたま「詩」と「映画」の両方に囚われたがゆえに、そこに結果として縒り糸が生じた、という偶然（なのか運命なのかはともかく）以上のことは発見できない。いや、理屈はどのようにもつけられはするだろうが、何よりも、誰もが彼らのようになったわけではないのだから、いずれ理屈は後付けにしかならない。稲川も、松浦も、映画館の暗闇で動く光と対峙しつつ、彼らにしか許されない仕方で、あるとき、ここでは仮に詩と呼ばれる何ものかの到来を迎えることになったのだ、としか言いようがない。それにそもそも彼ら自身が、たぶん間違いなく「詩」と「映画」のあいだに何らかの共通項を見出そうとする振る舞いを軽蔑するに違いない。

では松本圭二はどうなのか？　最初に述べた通り、私は彼とは一度しか会ったことがない。稲川方人と松浦寿輝の方が、まだしももう少しだけ知っている。従って、松本さんにかんしてはますますもってわからない、彼の中で「詩」と「映画」の関係はどうなっているのか、そんなことは知らないし、推測のしようもない、というのが正直なところではある。けれども、とりあえず二つくらい考えられなくはないことはあり、そのひとつは他でもない、私たちが同世代であり奇妙に似通った過去を持っていることにかかわっている。

一九四九年生まれの稲川方人、一九五四年生まれの松浦寿輝よりも一回り（以上）下の世代である私たちは、先にも書いたように、おおよそ八〇年代前半に本格的に映画を膨大に見る生活に突入した（はずである。本人に確かめたわけではないので微妙なズレはあるかもしれないが、大体のところは私と同じだろう）。なぜなら私たちは二人ともその頃に東京へと出てきたからだ。そして折しも東京の映画環境は

劇的と言ってよい活性化を遂げていた。すでに記した幾つもの特権的な上映場所を経巡れば古今東西の映画を日替わりで見ることができたし（むろんそれらは実のところ或る種の傾向性を帯びていたのだが、当時はそのことに意識的ではなかった）、とりわけここでは敢えて名を挙げない巨大な人物の采配と策略によって、われわれ若き映画青少年たちは独特な教化と訓練を受けていたのである。

そしてその頃、私たちはまだ若かった。大学生なんて十代の延長でしかない。大学生でなくなっても大人になったはずもない。モラトリアムという楽観的な言葉と、ほんの僅かな未来さえ見通すことができない先行きの知れなさは紙一重というよりも同じことだった。私たち（というのはもはや私と松本圭二のことだけではないが）はしかし、そのような内面を抱えながらも日々忙しくしていた。なぜなら毎日何本もの映画を見なければならなかったからである。

つまり言いたいことは、映画しか頭になかった、映画が生活というか人生の全てに近かったあの時代は、われわれの青春時代の最終コーナーでもあったのだということであり、そして私は、おそらく彼も、このような時間が永遠に続くとは思っておらず、だがそれがどのようにして終わることになるのか、誰かが、自分が、意志をもって終わらせることになるのか、それとも何かよくわからない成り行きであっけなく終わるのかもさっぱりわからず、だが実際には明日は誰の何という映画を見るつもりなのかということ

しか考えていない、という感じだったのであり、私はそんな時間をだらだらと過ごしてそのまま映画館で働くようになったが、松本圭二はおそらく似たような回路を経て映写技師の仕事に就きながら、詩を書いていた、ということなのである。

私は松本圭二の詩をはじめて読んだとき、右のようなざっくりと言ってしまえば同世代感のようなものを、遠く、鈍く、だが確かに感じた。それは別に誰某の何々という映画の題名が紛れ込んでいるとかいったことではない。しかし彼の書く詩から私は、人生の或る時期、青春時代に、映画という厄介な存在に身も心も自ら進んで捧げるつもりもなく勝手に捧げたことのある者に特有の、誤解を恐れずに言えば青臭い汗のようなものを感じ取った。それは紛れもなく私自身が纏っていた汗でもあった。あの感触は、そうしようと思えば「映画」からの反響を幾らでも聴き取ることもできるだろう稲川方人の詩、松浦寿輝の詩にはないものだった。彼らよりもずっと遅れてきた者だけが掻く冷たい汗。徹底的にリアルタイムのノスタルジー。奇妙に即物的なメランコリー。

それからもうひとつ、松本圭二という詩人の決定的な特異性は、もちろん「映写技師」という特殊な技能職能に存している。周知のように松本さんはその後、フィルム・アーキヴィスト（映画のオリジナル・フィルムを収集、修復、保存、管理する仕事）の道を歩み、現在もその職にあるわけだが、私自身、映画館員時代に、当然まだデジタルではなかったので、映写機トラブルや架け替えの際などに、三五ミリフィルムを扱うことがしばしばあった。言うまでもなく、映画狂にとってフィルムという物質は、こう言ってよければ一種の神聖さを帯びている。だがそれは同時にひどく脆弱なモノでもあり、万が一映写機に引っかかって花が咲いたらそのコマを抜いて前後を切り貼りしなくてはならず、そしてそれをするのはごく簡単な手作業であったりもする。一コマ数コマが欠損したプリントは、しかしそのまま誰某の何々という映画としてスクリーンに映写され続けるのだ。

むろんここでフィルムを言語と同一視しようものなら安直という誹りを免れまいが、だがそれでもやはり私は松本圭二の詩の言葉に、彼とフィルムとの距離感に近い何かを読み取ってしまおうとする。それは単にイメージを見ているだけとは違う、もっと身も蓋もない（という意味でいわゆるフェチシズムとは異なる）生々しさのようなものであり、よくわからないが仮にポエジーと呼んでおく音調からは、たぶん絶望的なまでに断絶してしまっている。その断絶感こそ、松本圭二の詩の魅力なのだと私は思う。彼にとって「詩」は「映画」というよりも「フィルム」であり、彼は「詩人＝映画監督」であるよりも「詩人＝映写技師」なのだ。

（ささき・あつし　批評家）

著者解題

『詩集工都』ノート——松本圭二

『詩集　THE POEMS』

第一詩集刊行後、松山市在住の詩人・栗原洋一から彼が主催する個人誌「ハンガー」への寄稿を求められた。これが最初の原稿依頼となる。以後、「ハンガー」にたびたび詩を寄せた。また、矢立出版からも詩の依頼があり、同社が定期刊行している詩誌「投壜通信」にも連続して詩を書いている。これらの詩は長編詩集に組み込むことを最初から意識して書いた。

この時期、私は半年ほど上京している。若い詩人たちとの交友に期待して、あるいは商業雑誌の編集者に出会えればチャンスが得られるのではないかなどと夢想して。しかしそんな期待は見事に裏切られる。そして最悪なことに、東京では詩を書く気がしなかった。生活費は環境庁外郭団体のアルバイトで得た。ニホンカモシカやツキノワグマの生態調査だ。南アルプス、遠野・花巻、広島の山々を歩いた。長期出張だ。東京に帰るとうんざりした。夏が腐っている。秋頃には短い東京暮らしを棄て、何の成果もないまま帰郷した。

職安で紹介された学習塾に就職し、桑名の教室の塾長になった。国道二三号線で四日市から桑名までマイカー通勤することに喜びを感じた。右側に石油コンビナートが見えるからだ。この仕事は午後からの出勤なので、朝はゆっくり寝ていられた。つまり夜中に詩を書くことができた。「ハンガー」や「投壜通信」に書いた詩のほかに、私は長編詩集の素材となるような詩、詩の断片、あるいは散文などを書いていた。同時に来るべき第二詩集の設計図を何通りも引いた。詩作に行き詰ると港湾まで車を走らせ、石油コンビナートや様々なプラントが立ち並ぶ工業地帯を散策した。工業地帯の昼は淀んだ空気に支配された赤錆の世界だが、夜になると一変する。電飾の圧倒的な美しさ。

日々の仕事を淡々とこなしながら、四日市で四日市の詩を書く。精神的にはとても安定しており、私は日課のようにそのテーマに取り組んだ。『ロング・リリイフ』での失態を繰り返さないために、第二詩集は草稿の段階でヴァージョン・チェンジを繰り返し、逡巡する余地がない段階まで作り込んだ。学習塾の仕事で得た給料は製作費のために貯金し、一年半で一〇〇万円ほどになった。詩集製作の条件が整った。私は七月堂に第二詩集の製作も依頼しようと考えていたのだったが、詩集原稿をほぼ完璧な状態で仕上げてしまうと、考えが変ってきた。この詩集を細部に至るまで自分のコントロール下で作りたいと欲望するようになったのだ。しかし、詩集製作の環境を四日市で組織することはできない。ではどうすればいいか。

作戦はこうだ。七月堂に押し掛けてスタッフとして雇ってもらう。七月堂で詩集製作のノウハウを盗み、またスタッフとしての特権を最大限利用して、第二詩集の製作を理想的な環境で進める。誰に迷惑がかかろうと、そんなことは一冊の詩集の前では小さな事だ。私はそんな傍迷惑な決意を胸に、その作戦を実行した。七月堂が私を受入れてくれたのは、代表の木村栄治が当時「小田急高架反対運動」を主導的に展開していたからだと思われる。木村氏は武闘派として説明会潰しに奔走していた。そのための尖兵が必要だった。そういうわけで、上京して七月堂に勤めることにはなったが、メインの仕事は「小田急高架反対運動」であったように思う。版下製作や集配ドライバーの仕事もしたが、遅刻や無断欠勤を繰り返すばかりだった。

第二詩集は校正段階で大きく手を入れることはなかった。その代わりに、造本設計やその細部に私はこだわり続けた。多数の紙見本を取り寄せ、本文用紙から表紙、扉に至るまであれこれ悩んだ。表紙デザインについても逡巡を繰り返している。最後まで衝突したのは刊行方針である。私は五〇部の私家版を希望していたが、七月堂はそれを許さなかった。私の考えは単純だ。全額自己負担で製作する詩集なのだから自分の好き勝手にさせて欲しい。いくらお

金がかかろうとその支払いは約束する。それが傲慢な考えであることを私は少しも自覚していなかった。

七月堂は製造業をしているわけではない。詩集製作では定評のある優れた出版社なのだ。困り果てた七月堂の知念明子がこの詩集製作に全額出資すると言った。だからあなたは手を引きなさいと。フェアな条件だと思ったが、ようするに厄介払いに過ぎないのではないかという疑念が残り、私はその後もあれこれと口を出し続けた。七月堂との関係は悪化する一方だった。印刷までを見届けると、私は七月堂で働くのを勝手に辞めた。後は放っておいても形になるだろうと思ったのだ。それが甘かった。私の言動に木村栄治が激怒し、印刷したものをぜんぶ廃棄すると宣告した。木村氏は一度言ったことを撤回するような人ではない。私は第二詩集製作の失敗を認めねばならなかった。

それからは絶望的な日々を送った。詩集製作のための貯金を切り崩しながら生きていた。これからどうすべきか考え続けた。考えるばかりで、身体は少しも動かなかった。どこかに失踪することばかり考えていたように思う。木村栄治と知念明子の間でどのような話し合いがあったのかは判らない。ある日、突然詩集が届いた。とにかく詩集ができたのだ。しかも部数は希望通り五〇部。装幀も自分が望んだ通りで完璧だった。一九九五年六月一日、私家版『詩集 THE POEMS』刊。ただし、同時に未製本二〇〇冊分の紙束も引き取ることになった。

『詩集・未製本普及版』ノート

世田谷区松原のアパートは七月堂が探して用意してくれたのだった。家賃は自分で払っていたが、入居時の敷金や礼金は七月堂が負担している。七月堂を辞めたのち、私はこのアパートから出たいと考えていた。「ここから出て行け！」と言われているような気がしたからだ。しかし引越しをするお金がなかった。詩集の製作費を支払わねばならない。無駄遣いはできないのだ。そして、もう四日市に帰ろうとは思わなかった。四日市の詩はすでに書いたからだ。

　部屋の隅に第二詩集の未製本の紙束が積まれていた。それが私には凄く疎ましかった。自分が望んだものではない。七月堂が彼らの判断で勝手に刷ったものだ。これは七月堂が処分すべきはずだ。なぜこんなものまで買い取らねばならないのか。ひどい仕打ちだと思った。むろん、七月堂に対する私の態度もめちゃくちゃだったわけだが。しかしそれはもう済んだことだ。済んだことにしてしまいたかった。私は未製本の紙束を棄てることを考えた。それは自分の死体を自分で棄てることに似ていた。バラバラにして公園のゴミ籠に棄てるか、埋めるか、火を放つか。自分に非があるにせよ、こんな苦しめ方があるだろうか。私は七月堂を憎んだ。

　生活費を稼がねばならないので私は映画の仕事に復帰した。自らの苦境を切々と訴え、助けてもらったのが実情だ。若くて活気のあるスタッフが中心の職場。彼らからすれば私はとても扱い難かっただろう。私もまた長居できるとは思えなかった。その頃、福岡市に新設される図書館が、映画保存のための技術者を探していることを知った。私は福岡行きを希望した。他に希望者がいなかったため呆気なく福岡行きが決まった。希望者がいなかったのは条件が悪かったからだ。給与は福岡市の一般的な嘱託職員の規定に拠るものだった。そんな条件でフィルム技術者がスカウトできるはずがない。私はラッキーだった。福岡行きに運命的な偶然を感じていた。

　展望が開けると俄然元気になった。問題は未製本の紙束だ。棄てたり燃やしたりするのではなく、最良の方法でケリを付けることができないか。私は梱包材を扱う店で箱を作ってもらうことにした。その箱の中に詰めていく。未製本の紙束は「折り」の作業までが完了していたので、一冊分の紙束を一セットずつ箱に詰めていくのは難しいことではなかった。箱の蓋に表題のカードを貼る。底には奥付のカードを貼る。まるで怨霊を封じ込める「御札」のようだ。そうやって作った箱詰め詩集を、私は『詩集・未製本普及版』と名付けた。むろん普及するはずはない。

『詩集工都　THE VANISHING POEMS』

『詩集・未製本普及版』は販売を委託したアテネ・フランセ文化センターで三箱ほど売れた。在庫が邪魔になっていたはずで、申し訳なく思った。福岡まで持って来た五〇箱は自宅マンションの押し入れの中に放り込んだままだった。東京の友人たちに預けた分も、おそらく同じような状態だったはずだ。あるいは棄てられているかも知れない。それはそれで構わないのだった。自分では棄てられなかったのだから、友人らに棄ててもらえれば本望だ。放っておけば、いずれ散逸する運命にあるように思われた。

　自分ではケリを付けたつもりでいたが、時間が経てば、単に封印しただけだったことに気付いた。箱の中に閉じ込めて、目につかない場所にしまい込むという。第三詩集『詩篇アマータイム』の製作が様々な局面で躓くたび、私は第二詩集の二の舞になることを予感した。なぜ詩集製作となるとこうも冷静さを欠いてしまうのか。抑えきれない情動が沸き立つのはなぜか。傍目から見れば何かに取り憑かれたような感じなのだろう。私に取り憑いた何か、それが悪魔的なものだとすれば、そのルーツに近いものが『詩集・未製本普及版』の箱の中にあるように思われた。この呪いを解かない限り、第三詩集は刊行できないのではないか。

　そんな想念に捉えられた私は、第三詩集の製作と並行して『詩集・未製本普及版』の再製本を急ぐことにしたのだった。再製本するなら七月堂にお願いするしかないと考えた。表紙、扉、その他の意匠を含めて第二詩集『詩集 THE POEMS』とまったく同じものを望んだからだ。印刷から五年ほどが過ぎていた。七月堂の知念明子に相談した。「やってみましょう」と知念氏。これは和解ということではなく、仕事として引き受けましょうという感じだった。その割り切り方に製作者の凄みを感じた。七月堂の執念が勝利したのだ。私は完敗したと思った。

　それから方々に連絡を取り、分散していた『詩集・未製本普及版』をかき集めた。一五〇箱程度は集められると思っていたが、そうはいかなかった。回収できたのはおよそ八〇箱だった。私はその八〇箱を再製本した。詩集表題については郷里の四日市を想起させるものに改めた。『詩集工都　THE VANISHING POEMS』。それ以外の意匠はまったく第二詩集と同じである。『詩集工都』は二〇〇〇年七月二八日、第三詩集刊行の一八日前に七月堂から刊行された。散逸した『詩集・未製本普及版』がどこに消えたのか未だに謎だ。一〇〇箱近くが消えている計算になる。既にゴミとして消失したと考えるのが妥当だが、私には今でも東京の闇をさまよっているように思われる。

（前橋文学館特別企画展図録『松本圭二　LET'S GET LOST』から転載）

『詩篇』

友よ
銃口は馬蹄形をしている
おまえからは一滴の血も失われない

私の勇者が倒れる
それらしき形が風車に見える
虹とともにそれはそれらしく見える
〝信じられない〟
〝いったいどうなっているのか〟
友よ、

馬よ、
〝何人殺しても殺し足りない〟
勇者の羽が回転する
それ自身が時間であるかのように
おまえの言うことは分かる
残念だが

最期の仕事だ
そのうちに傘がひらく
悲しすぎて見ていられない

アダムは冬の惑星から来て
あらゆる風景から外れて行く

夏の動脈を切り裂き
地上に着弾する

太陽が沈んでもこの爆発は
太陽のようだ

それはビスタサイズをした夢だ
ばかやろう

そいつは二十世紀の狐だ
弱者のマシーンが回収されて行く

『詩篇』

ユナイテッドの翼に乗って
近代のイノセンスが来る

亡命者の夢のなかで
もう一人の亡命者が世界地図を書く

丘陵のＴＶ塔が熱を出す
ヴィジョンの首都が青空を求める

狐憑きやジャスミン男が〝私は歴史ではない〟と言いに来る
蝿のフレームが判断する
私は歴史ではない

だが彼らは《言うべき人》であったと
おまえの時間が告げる
ふざけたことだ

『詩篇』

「化石の脊髄がその湾曲を空に突き出していた
プラント

モニュメント
海辺には恐竜が
(大阪万博の
　オーストラリア館だ
四日市港に移転されていた)

地面から立ち上がる
煤けたスロープは先端で尖り、それが頭部だ
彼方に、より複雑な骨のようなもの
球形のもの
その他

一人が堕ちるように
（かつて
　子供のころ）
オーストラリア館の背中で泣いていた
美しい人

一人が堕ちる
ように
（私たちはそれをここに運んだ
　私たちは美しかった）
それはまたイノセンスの破片になるのだが
みんな死んでしまえ
もういいから
死ねよ」

盲目の男（1972年）
狂犬（1954年）
トレイラー・ハウス（1966年）
採石場跡（1980年）
ビーズの首飾りをした女（1969年）
轢死（1991年）
ハイウェイの十字架（1975年）

〝スポイトで吸い取られた私の痕跡に同色の青空が塗り込められていた〟
笑いながら切り裂かれる
ハイ・ヴィジョンがおまえを切り取る
〝アダムは限り無く拡がる砂漠と台地を越えてモンタナの山をめざした〟

氷河という集散の言葉からいやな風が吹く
新しい家族は前進しなくてはならない
ねずみ色のキャンペーンが言う

〃おまえは卑怯者の息子だ〃

羽虫の現在がおまえを拾いに来る
太った裸体がウォーター・ベッドに沈む

〃空の水筒を奪って子供たちは黄色い粉末のジュースを飲んでいた〃

不治のオリエントが沈む
〃おれはそいつをビスタサイズの夢で見る〃
ばかやろう
二度と来るな

とうとう一人だ
と、アダムは言った、最強の兄は
地下鉄に乗ったまま
もう出てこれない
「この美しい都会を愛するのは」
でも
だめだ、やってられない
と、〝おれ〟は言ったのだ、彼は
最強の兄は
円環する
何一つ残らない

都営三田線
千石
『ドイツ零年』の劇場へ向かう
地下鉄のプラットホームで不意に
天国という響きに遭遇する
私の国

《おまえはある時代の最大の都市にすぎない》

使えない
これも、だめだ

9

地球は位置をずらし
二つの夜を待たねばならない
眠りを思うならば
もう悪いことは言わぬ
車はみんなデトロイトへ帰れ
豚のことはピングと覚えろ
静かに尽きて染みわたる日だ
朝の食物を愛することが
おまえらの再生となる
午後に捲られたら
ムーン・ビームスを壊しに
歩いて家に帰るのだ

『詩篇』

三日月島、弓型
外部の形象、内面的な限定による
血、大きく海にうねられる
その手足を、歴史的に
プラネット
プラント
プラン（平面
総べて間違っている
これに似た言葉がもう一つあったと思うが
どうしても思い出すことができない

人々は遠くからきた
切断する
「私は
（史実として
　おまえの国に似ている」
音、たとえば
森であり道であるような
繰り返し呼び出すことのできる幸福感がある
もう一度殺せる、
ということの素晴らしさだ

九月のストリートに靴音が響く
〝今日はリアルな坂道を歩くことができた〟
歩くことができた人々は靴を脱ぎ
そして眠る
何処をどのように歩いても
靴は等しく汚れた

ヴィジョンの首都は溝だ
〝私をビニールに詰めて捨ててほしい〟
丘陵のＴＶ塔にイメージが凝固して行く
だがヴィジョンの首都は溝なのだ
〝クリアなイメージは何処に住むのか〟
ヴィジョンの熱は歪んでいる
おまえは何処にも住めない

地が拡散する

方眼に嵌められる

水に絶対

物質の夜に絶対

「室内からの廃風につつまれて

夏がうだる

羽虫たちはハイウェイの上空に集まり

死んだ」

〝この家がおまえを正当に評価するだろう〟

軽自動車が街を逃げる
巨大なトレイラーが荒地を逃げる
雨だ
ワイパーが横切るたびに
世界が少しずつ遠のいて行く
これはおまえの雨だ

白い操行
円盤から降り立つ神
疫病を連れたヴィーナス
ヴィジョン、ハイ・ヴィジョン
男は冬の惑星から来て
あらゆる風景から外れて行く
なけなしの風景に
傷が降りそそぐ
雨だ
これも、
使えない

もう一人必要だ

『亡命者の家』

エリカ号
帆（白
来る

「わたくしには太平洋と思われたこの海
というのはその実
たいらげた皿
次に運ばれてくる皿」

顔の上に

字幕のように
大いなる回転体が

「何であれ
かまいはしない
わたくしはそれをセイファート銀河と呼ぶ」

この家
誰も救わない
名前
美しい

私は
詩を書いた

葉脈の果て
碑銘
名に記された名

地の果て
家
石に記された石

手首
時の果て
水の音、水の音

ライラック号

夏

一九六五年七月
伝説のモーターサイクルが
グラモフォン（円盤）の森を過ぎる
交尾するトカゲ
その像の、足跡から生まれる
私（夏）を
キングスネイク（列車）が迂回して行く

その窓から私は
投げられる
名（石）
「泣く理由がない」
羽のある犬が
その偉大な影でこの家（私）を恵む

この家

「願わくば
願いが願われんことを」

私は
詩を書いた

10

『裏窓への旅の記憶』

寄港地は
人を焚く匂いがした

海峡封鎖
海鳥が連れてくる
不吉な朝と朝
雨水を飲む
魚を喰う
これが食卓であり
あれが大陸だ
世界の修正が間に合わない
小さな炎になる
明日死ぬ

『揺れる家』

食傷
曲線の
モルワイデ
浅い川
歩いてゆける
イタリア麦
二十日鼠
紙袋
茶色の
ワイルドハニー
沈む石

音の総べて
一枚に吸われる
カーテンのように
ひらひらした
へろへろした
きくらげのように
ピンナップの夢
黙っていても
エリカ号
光線銃
水の旅
揺れる家

（もうデトロイトにかえしてやる

（おまえはベトナム戦を生き抜いたジープなのだ

『近代の教え』

縁へ縁へ
重力は傾斜し
人は片寄る
昏がりの末端に
砂漠が吹き零れる
一滴ごとにこの恵みは
家の終わりを告げて永く
なおもあろうとする

蜘蛛巣の宙に
人こそ囚われるものならば
さらに渡来する者よ
あったかも知れぬ井戸を
確実に埋めよ
骨の内にも
光は射すという
悲劇なし

さあ、もう
これで終りだ

私
真珠王
森の名前

ユリス
ユリシーズ
柘榴のような痛み
食べられる
時の何か

庭先に
ライラックの花が咲く頃

南十字（器物

朝食

骨

おまえの名前
ゆっくりと
終わる

ゆっくりと海が終わる
森が終わる

真珠王
表面

（わたくしのような

火

白

『火の教え』

無実の小惑星が濁点となって拡張する
これが一日目

飛び散ったものに眼を汚されていると
火の輪郭が
〝わたくしは闇だ〟と
揺らぎながら
伝えている
おまえは地球ではないので
回りながら回るのは苦しいことだろう

すると
地を這う自動車の視線に切りかわり
この平面を愛するならば
〝誰にも闇を吸う権利は無い〟と
前進する

低所とは物が営むところ
速力とは死に行く鉄が観る幻影なのだ

（先行する
火の吹き消しによって
という
次）

太陽は沈む

最強の兄が
これはおまえの思い出だと言い
地面から表われて来
《おれは太陽については知り尽くした》と
字幕のように伝えながら
義眼を取り出し
手のひらに乗せている
その眼球に
太陽が
沈む

シュタインという博士が
試験管のなかで母について考察している
良い答えを見つけたが
《もう遅すぎる》と
やはり字幕のように伝え
ばらばらになる
太陽が
沈む

見とれていると
《おれは地下鉄だ》と
はや潜り
帰った

《星であること》
《二つを分かつもの》

水平線の彼方に一つを片付け
地図の恐怖に恐怖する

《世界は完成した》

プトレマイオス、
プトレメ、
トレミ

〝私は彼の名が壊れて行く時間をすでに生きた〟

血の流れ
血の失われ

世界は完成している
星であることは
どうでもいい

11

かつて
私の
書いた詩が
最初の宇宙飛行で
言われ
次に
最初の月面着陸で
言われた
詩は
世界の悲しみを
犯した

『左へ』

星と星のあいだに
闇という場所がある

軽蔑には
馴れることだ

菜を茹でるように
しなだれてゆく

余生はあり
鉄の時代がどうか訪れぬように
呪いは
星にかけられる
しかし
生き延びるしかない

これは垂線の
ふたたび

蜉蝣

この光を飛んでみせろ

『左へ』

一人はそこにいる
いるだけで間違っている
彼の存在を木や石が否定する
だが退くことが許されていない
この屈辱に耐えるために
彼は話しはじめる

二人目は前方から来る
憎しみから遠ざかって来たのだ
彼の身体は嫌悪によって痩せ衰えた
しかもまだ歩かねばならない
この事態を彼は嘲う
だらしのない精神を愛し

三人目は眠る
不眠の果ての青白い眠りを
私は海である
私は海にすぎない
この拡張は影を失い続けるだろう
やがて、ということはない
彼は不変なのだ

『左へ』

(ぼくの犬は?
知らない、逃げた
(なぜ色々な生き物に羽根がはえるの?
そういう場所を思ったんだ
もう思わない
明日思う

（もう一度だけ
そうだね
（あの世界のことをみんなに話してください
もう忘れた
老松橋のことも
イルカ島のことも

（ぼくは読んだ
虹のように空を引き裂いてその線の左右で暮らそう
（怖い思い出がいっぱい来る！
そんなのは違う
いんちきだ

双子の
八つ裂きの
（何々家の誰々です
何々の何かを愛す
その逆、両方
（数えられるよ、もっと！
何にも

（ぼくの顔を見た？
髪のあるやつだ
（どうして小さな声で喋るの？
それに耳と目がふたつある
腕と脚もふたつ
世界に見られて泣き出した

こんにちは
(ぼくの誕生日だ
さよなら
(ぼくのことだ

《右側から死ぬ》
《おまえは幸いである》

『左へ』

陽の朽ちかけ
雨の翼の飛び去り
そののちの未だの灰色に
虹に仕組まれた罠がカーヴすると
夏にはの話が
これから裁かれにゆく

「ここに鋏を入れて
あなたはさよならをしなさい」

光線銃でする約束
空のバリアを
風が破る

「さよならを覚えなさい
ふたたびとは、同じ別れなのだから」

（偉そうに言うな、　いないくせに）

偉そうに言うな
いないくせに

12

草深

咳をする

隣家（幼年時の

幻滅時の草

あの色は

私の家だった
水槽から生まれる
可愛い
性器（遊びの
とにかく
色だ

野の肌目に
点滴を落とす
穂の揺れ
日々に
疼き知る寒（さぶ

木に染み
蛾と
晩秋の祭
爪先から逃げ出す
蛆の痒（かゆ
過失ののち

蟬の殻がある
人殺しと書かれた
扉がある
鯨の神がいる
糸を弾いて
墨の直線を入れる

括れて
大きく曲がった
冬の体がある
畳のささくれから
髭をぬく
何のために
格子の影が被さる

行く
行き方
何処へ行くか
箪笥の中に
隅に
積雪あり
物の薄らぎ

向こうへずらす
こうして
そうやって
立つ
陽を浴びて
浴びて
冬の

黒ずんで動く
騙されて
騒がしいもの
溝が呼びかける
帰りぎわに

拒絶する
殺し合う
たぶん
毛の形に
血の纏まり
ここで止まる

上下
聴くために
石がひずむ
古い
時間があるならば
仮に

海を連れて
私ならば
写った
昨日
陽が倒れる
右目から
斜め

午後の否定
眠りを与えるそれ
沈むための綿
半括弧のふちで
食べよう
水羊羹

枕の
これが海なのだ
浦島（ユーラシア）から私に
ナイフが入る
おはよう
太陽だ
許しに来た

蕾む

肉筆の丸

藍に隠れる

卯（う

アム・メクリア・トマス

生地に記入する

眉
終う
ある日の
（。
パシフィックだ
なるほど
これならば知らないことは無い

煉瓦の赤
高原（パミール）の顔
陽が降る
絵葉書か何処か

唸りながら眠る
猿の族長から来ている
もう嫌いになった
喋る人だ

渓谷のV字
その秒間に毛玉だ
生き餌や
腸をひねる様子もある

なぜならば
ミルウォームだ
どうしようもなく
音が障るやつだ
皺ができた

エル
アリエス
山の響きか
ぬるい
フランテシアの茎

裸体

毒のある歯

含まれるもの

伐採しに

下記へ

献立表から
屋根を思うように
私（ム）は
庭の犬小屋を食べたい

ついばみの鳥よ
何でも言う通りだ
淡魚の皮
種のクラデア
虹のようだ

榎は何
おとろしい
なめす
あってないような
崖（圭）などは本当に

しわがれ
声に背くもの
柊は何
置く
撫でる
何ですか

茎へ
油化（ゆか）する
ノストロモ
渾身の
禿鷹になって降りる
草を倒す
喘ぎながら鳴く

『ある時代、ある集合、ある環境』と鳥
私（禾）が統治したと鳥
舌切り
水苔
軽石
塔
蟻に食べられる

詩篇
マチルダとカービン銃
火が君臨する
詩篇
速力と鉄

総べての最大の都市が、同時に
詩篇
体（たい）、絶縁体
精神が観光する
詩篇
詩篇

13

私は失敗した

『この直線の夢を』

私は覚えている
火の暦がおまえを記憶した
そして忘れた
すぐに思い出すだろう
〝世界地図はケロイドのように爛れている〟
〝共有とは彼にとっての最悪の劇を思うことだ〟
いくつもの小さな爆発ののちに
曖昧な土煙の向こうから大陸が接近して来た
この直線の夢を
頽廃を
私は識る

私は忘れた
〝液化した臓腑が水に背く〟
裏面の微崩壊か
〝この不自然を愛するならば〟
おまえは不変である
幸いなことだ
分からない
分かりすぎる
重なり合うものの悦び
剝がされてゆくことの悦び
私は懐かしい

（その指

（考古学上の

（鱗、私のもの

（友よ、わかっているのだ

（空の腕につかまり

（美しい人は

（なんという顔、なんという表情

（このダメージもどうせ長続きしないのだ、友よ、残念だが

すぐに忘れて欲しい

最悪だ

時の恵みは要らぬ

私の闇に入って来るな

『近代の教え』

夜は匂いを放ち
夜になろうとしている
今夜は悲しみの集まりがあるが
遠すぎるから
彼もでかけはしないだろう
泣かぬために
夜の庭で縄跳びを
懐かしい人だ
紙の家の
春の猟犬の
古いタオルケットの
眠りと温もりとを撥ねて

水浸しになった
彼の再生は美しいが
昨日のぶざまな崩壊が私には思い出される
最強の兄とは
近代の教えだったか
私は自然だというのに
月に属して
満ちてくるものが
こんなにも厭わしい
今夜は悲しみの集まりがあるが
もう想像しない
天国は私のものだ

『老廃』

暗い箱に
蝶の日々と
裏窓への旅の記憶や
雨冠のついた音
正確に
壁面を抜ける鮫
虹がかかり
匙の腹に蜜蜂が群がる

屑籠の銀紙の
皹という皹に脈を探って
鳥たちは
嘘をつくことができる
影響下の象り
物から物へ
結ばれの極みに
済し崩す

『消える家』

火の暦
その左に
骨の延長が来る
今日という
一冬のために
刺さる爪
爪のある数字
単純な死

その左
煙幕を張って
家鼠が逃げてゆく
窓を開く音
もう一度
雪が降って来る
すぐに消え
鱗になり
消える

『左へ』

『天国は私のものだ』

底本　『詩集工都』七月堂、二〇〇〇年七月刊

カバー写真 ｜ 小山泰介
Tidal Line #1, 2013

松本圭二セレクション2

詩集工都

著　　者｜松本圭二
発 行 者｜大村　智
発 行 所｜株式会社 航思社
〒113-0033 東京都文京区本郷1-25-28-201
TEL. 03 (6801) 6383 ／ FAX. 03 (3818) 1905
http://www.koshisha.co.jp
振替口座　00100-9-504724
装　　丁｜前田晃伸
印刷・製本｜倉敷印刷株式会社

2017年11月5日　初版第1刷発行

ISBN978-4-906738-26-7　C0392

松本圭二セレクション

朔太郎賞詩人の全貌

※隔月配本予定

第1巻（詩1）ロング・リリイフ

第2巻（詩2）詩集工都

第3巻（詩3）詩篇アマータイム

第4巻（詩4）青猫以後（アストロノート1）

第5巻（詩5）アストロノート（アストロノート2）

第6巻（詩6）電波詩集（アストロノート3）

第7巻（小説1）詩人調査（仮）

第8巻（小説2）さらばボヘミヤン

第9巻（批評・エッセイ）チビクロ（仮）